EINE FRAU VON GEIST

VITA SACKVILLE-WEST

EINE FRAU VON GEIST

Der geheimnisvolle Zauber
des Puppenhauses von
Königin Mary

Illustriert von
KATE BAYLAY

Nachwort von
MATTHEW DENNISON

GERSTENBERG

Es war einmal ein Puppenhaus, das einer Königin gehörte …

… ein so wundervoll gefertigtes Puppenhaus, dass Menschen von nah und fern kamen, um es zu betrachten und sich dabei wünschten, sie könnten wie Alice von einem Kuchen essen oder aus einem Fläschchen trinken und dadurch so klein werden, dass sie die blau-weiße Marmortreppe emporsteigen, auf dem Thron Platz nehmen, durch das bemalte Schlafzimmer gehen und ein Bad in der Wanne aus Malachit nehmen könnten, aus deren silbernen Hähnen auf Wunsch heißes oder kaltes Wasser floss.

Weil sie jedoch in London lebten und nicht in einem Kaninchenbau unter der Erde, und für die Besichtigung des Puppenhauses einen Shilling bezahlt hatten und weitergehen mussten, damit die nächsten Leute in der Warteschlange an die Reihe kämen, war es ihnen nicht vergönnt, irgendeines dieser entzückenden Dinge zu tun.

So angestrengt sie allerdings in Anbetracht des Shillings spähen mochten, begierig, jede Sekunde auszunutzen, die ihnen zustand, es gab einige Dinge, die sie in dem

Haus niemals erspähten, die niemand je erspäht hatte oder erspähen würde, nicht einmal der Architekt des Hauses, obwohl der große Brillen trug, nicht einmal die Königin, selbst wenn sie ihre Krone aufhatte, nicht einmal die Kinder der Königin, obwohl doch jeder weiß, dass Kinder sehr viel sehen, was Erwachsenen verborgen bleibt.

Da gab es beispielsweise das Puppenhaus-Gespenst, denn selbstverständlich spukte es im Puppenhaus, schließlich war es ein vollständig eingerichtetes Haus, und in allen wirklich schönen Häusern spukt es mächtig und vielseitig, allein durch die Liebesschwüre, die dort ausgetauscht worden sind (und die dort ungebrochen fortbestehen) oder durch die Lieder, die dort aus fröhlichem Herzen gesungen worden waren.

Es ist vielleicht ungerecht, das Puppenhaus-Gespenst ein Gespenst zu nennen, denn das hieße, dass sie tot wäre, sie ist jedoch weit davon entfernt, tot zu sein, noch nie gab es ein quicklebendigeres oder wissbegierigeres Gespenst oder eines, das sich mehr brüstete, auf dem Laufenden zu sein.

Tatsächlich hatte sie diese besondere Begabung, im richtigen Moment am richtigen Ort zu sein und den richtigen Umgang zu haben, was ihr unter anderen Voraussetzungen einen bemerkenswerten gesellschaftlichen Erfolg beschert hätte.

Sie prahlte zum Beispiel gerne damit, dass sie es gewesen sei, die Hans dazu ermutigte, seinen Fuß auf die erste Sprosse der Bohnenranke zu setzen und dass sie Aschenputtel bei deren Aufbruch zum Ball zugewunken habe ...

… dass die Erbse, die der Prinzessin eine derart schlaflose Nacht bereitet hatte, ihr kostbarster Besitz sei, den sie als Anhänger trage, dass sie dabei gewesen sei, als der Prinz Dornröschen küsste, und sogar – obgleich das ein Vorfall war, auf den sie nicht näher eingehen wollte – dass sie den Tod von Blaubarts erster Frau mitangesehen habe.

The Sleeping Beauty

Bei einem derartigen Vorleben war es natürlich zu erwarten, dass sie 1924 in London eintreffen würde, um sich in dem Puppenhaus niederzulassen, das für die Königin von England erbaut worden war.

Ich sollte vielleicht ein Wort über ihr Erscheinungsbild zu jenem Zeitpunkt verlieren. Sie war stolz darauf – in vollem Einklang mit ihren übrigen Prinzipien –, stets der aktuellen Mode eines Landes zu folgen; als sie Scheherazade (die sie weitschweifig und langweilig fand) aufsuchte, um dieser ihr Ohr zu leihen, hatte sie deshalb einen Gesichtsschleier angelegt, sie fand ihn sehr kleidsam und legte ihn mit Bedauern wieder ab.

Als sie beim Marquis von Carabas weilte, hatte sie ihr Haar gepudert, ein Reitkostüm und einen Dreispitz getragen, und ihre Schuhabsätze rot gefärbt;

und bei ihrem flüchtigen Besuch in China, wo sie des Kaisers berühmter Nachtigall lauschen wollte, die in aller Munde war, hatte sie sich der Mode der chinesischen Frauen angepasst; zwar schätzte sie deren Seidenstoffe und Stickereien, doch deren Haartracht lag ihr nicht, und deshalb war sie erleichtert, als die Nachtigall aus dem Reich verbannt, durch einen neuen künstlichen Vogel ersetzt wurde und sie nach Europa zurückkehren konnte.

In England, in den zwanziger Jahren des zwanzigsten Jahrhunderts, angekommen, war sie unschlüssig, ob sie ihre Haare kurz schneiden sollte oder nicht, doch das Bild eines Malers namens John (das in einem der Korridore des Puppenhauses hing) gab den Ausschlag, und sie

war hochbeglückt über die schicken Pullover und kurzen Röcke, die sie für ihre Tagesgarderobe besorgte, und über ihren dunklen kleinen Pagenkopf, der ihr das jungenhafte Aussehen eines Knappen verlieh, ein ungewohnter Anblick für sie seit jener zehn Tage, die sie einst beim Lauschen der Geschichten von Boccaccio und seiner Freunde in einer Villa über Florenz verbracht hatte, lange her (ein Ausdruck, den sie neuerdings verwendete) im vierzehnten Jahrhundert.

Im Puppenhaus einquartiert vergnügte sie sich damit, jede Nacht in einem anderen Schlafzimmer zu schlafen; tatsächlich fanden ihre Vergnügungen kein Ende, denn sie entdeckte im

Puppenhaus eine Unmenge an Dingen,
die sie nie zuvor gesehen hatte und
deren Handhabung sie ganz allein
herausfinden musste.

Selbstverständlich gab es anfangs einige Katastrophen. Einmal setzte sie, vollständig bekleidet, die Dusche über sich in Gang, und einmal, als sie mit dem Lift aufwärts fuhr, berührte sie versehentlich die „Stop“-Taste und steckte den restlichen Nachmittag zwischen zwei Stockwerken fest. Aber solch geringe Unannehmlichkeiten konnten die Freude, die ihr diese mechanischen Vorrichtungen bereiteten, nicht trüben.

Man darf nicht vergessen, dass alle modernen Erfindungen neu für sie waren, schließlich hatte sie ausgiebig in der Vergangenheit herumgetrödelt, und elektrisches Licht, ein Warmwassersystem, ein Kochherd und ein Personenaufzug waren Dinge, die dazu führten, dass Aladins Palast aus ihrer Sicht im Vergleich zum Puppenhaus äußerst schlecht abschnitt.

Eine Folge ihrer Erkundungen gab es jedoch, die die Hüter des Puppenhauses bis heute zutiefst verwirrt hat.

Jeden Morgen, wenn sie die Abdeckung entfernten und die Vorderseite aufschlossen, waren die Lichter eingeschaltet, die Badewannen voll, die Betten in Unordnung, die Jalousien offen, wo sie geschlossen sein sollten, der Lift stand im Obergeschoss, obwohl sie überzeugt waren, ihn über Nacht im Erdgeschoss gelassen

zu haben, die Bücher waren aus
den Regalen gezogen, und einmal
entdeckten sie im Speisezimmer sogar
die Überreste eines Mahls (für zwei),
und die kleinen silbernen Servierplatten
waren beschmutzt und über den ganzen
Esstisch verstreut.

Schließlich besannen sie sich, den Erbauer des Hauses zu fragen, ob er irgendeine Erklärung liefern könne, denn er war für seinen Hang zum Scherzen berühmt. Obgleich er herbeikam und das Haus ratlos durch seine größte Brille inspizierte, sagte er am Ende, Nein, dieser Scherz stamme mit Sicherheit nicht von ihm.

Sollte es allerdings jemand auf sich nehmen, sein Augenlicht zu ruinieren, indem er die Bücher in der Bibliothek liest, wäre die Sache ein für alle Mal geklärt, und es bleibt zu hoffen, dass die Obrigkeit dieses kleine Problem durch das simple Hilfsmittel, ein Hausmädchen bereitzustellen, lösen wird, denn dann wäre es mit dem Rätsel ein für alle Mal zu

ENDE.

VOGUE

NACHWORT

Die Geschichte, die Vita Sackville-West für die Bibliothek von Königin Marys Puppenhaus schrieb, und die erstmals hier veröffentlicht wird, ist eine Humoreske. Vita war keine Humoristin. Sie hatte auch keinen Hang zur Launigkeit, doch ihre schelmische Kindererzählung über ein prahlerisches, „quicklebendiges und wissbegieriges“ Gespenst, dessen „dunkler kleiner Pagenkopf“, genau wie Vitas, „ihm das jungenhafte Aussehen eines Knappen verlieh“, ist im Grunde ein Scherz. Und als solcher ist die Erzählung in Vitas literarischem Werk einmalig.

Vita glaubte an die „individuelle Fantasie“, die sie in ihrer *Novelle Verführer in Ecuador* beschreibt, die sie kurz nach *Eine Frau von Geist* verfasste. Als Schriftstellerin und in ihrem Privatleben war sie, bewusst oder unbewusst, eine eingeschworene Fantastin. Dramatische Selbst-Erfindungen waren Vitas literarisches Handwerkszeug: Romanheldinnen, deren Zwangslagen ihre eigenen reflektierten, Helden, die Resultate erzielten, die Vita selbst erstrebte, die ihr aufgrund ihres Geschlechtes jedoch verwehrt blieben– die Erbschaft eines Titels, eines stattlichen aristokratischen Anwesens und die Liebe einer schönen Frau. Innerhalb dieser Fantasien gab es wenig Raum für Unbeschwertheit.

In *Eine Frau von Geist* ist Vita hingegen in ausgelassener Stimmung. Ihr Gespenst, das keines ist, gebärdet sich innerhalb des vornehmen Handlungsrahmes des königlichen Puppenhauses unverbesserlich anarchisch. Wie Vita, die Zeit ihres Lebens von ihrer Familiengeschichte fasziniert war – jener der Sackvilles von Knole in Kent – hat ihre namenlose Heldin „ausgiebig in der Vergangenheit herumgetrödelt“, neumodische Plattitüden und Innovationen sind ihr fremd, wie Vita scheint sie davon auszugehen, es stünde Hauspersonal parat, um ihre Unordnung zu beseitigen. Wie die weit gereiste, wohlhabende Vita fühlt sie sich von Exotik und Luxus angezogen, und wie Vita liebt sie es, sich zu kostümieren, eine schauspielerische Haltung einzunehmen, sich zu verstellen.

Alle Werke von Vita enthielten autobiografische Elemente. *Eine Frau von Geist* ist trotz seiner skurrilen Prämisse keine Ausnahme. Vitas Heldin besucht die legendäre Geschichtenerzählerin Scheherazade. Die echte Vita, damals mit dem Diplomaten Harold Nicolson verheiratet, ging am 11. Oktober 1918 zu einer Matinee, bei der Rimski-Korsakows sinfonische Suite Scheherazade aufgeführt wurde. Danach verkleidete sie sich als ein Soldat namens Julian und floh mit ihrer Geliebten Violet Keppel nach Kent, es war der Beginn ihres Doppellebens als anständige Ehefrau und treulose Herzensbrecherin. In einer Villa über Florenz „lauscht [das Gespenst] den Geschichten von Boccaccio und seinen Freunden“, so wie Vita im Herbst 1921 in den Hügeln über Ravenna mit einer anderen Geliebten, Dorothy Wellesley, in den Wäldern liegt. Zu den Schätzen des Gespenstes zählt die Erbse, die der Prinzessin im Märchen solche Mühsal bereitet. Kokett schrieb Vita später an Virginia Woolf: „Mein Bett ist mindestens neun Fuß breit, und ich fühle mich wie die Prinzessin auf der Erbse – es gibt allerdings keine Erbse.“ Vita nimmt an, dass es im Puppenhaus „durch die Liebesschwüre, die dort ausgetauscht worden sind", spukt. Häuser waren ihrer Ansicht nach stets Aufbewahrungsorte für die Gefühle ihrer einstigen Bewohner – und sie war immer, immer eine Romantikerin.

Königin Marys Puppenhaus wurde 1921 entworfen, nach einer Idee von Prinzessin Marie Louise von Schleswig-Holstein, einer ersten Kusine von König Georg V., dem Gatten der Königin. Die Prinzessin bat 171 Autoren um einen exklusiven Beitrag zur Bibliothek des Puppenhauses, und dass Vita unter ihnen war, zeugt von dem Rang, den sie früh in ihrer Karriere erlangt hatte. 1923, mit 31 Jahren, hatte Vita in einem Zeitraum von sechs Jahren drei Romane, eine Erzählung, zwei Gedichtbände und zwei Sachbücher, die auf ihrer Familiengeschichte basierten, veröffentlicht: *Knole and the Sackvilles* und *The Diary of Lady Anne Clifford*. Ihre jüngst erfolgte Wahl in das Komitee des PEN Club verfestigte ihren Ruf als etablierte Autorin. Die Prinzessin beabsichtigte, „mehr ein repräsentatives als ein vollständiges" Kaleidoskop zeitgenössischer führender Schriftsteller zu versammeln. Solide Verkaufszahlen und ausreichendes Kritikerlob brachten sie auf Vita. Ihr Status als einzige Tochter von Lord Sackville of Knole war in der exklusiven Vorkriegswelt eine zusätzliche Empfehlung. Die Aufforderung war schmeichelhaft. Sie platzierte Vita auf gleiche Höhe mit bekannten Bestseller-Autoren wie Bennett, Galsworthy und Kipling und, noch bemerkenswerter, mit Hardy, Conrad und dem Hofdichter Robert Bridges.

Vita Sackville-Wests Ansehen basiert heutzutage in erster Linie auf ihrer großartigen Bepflanzung der Gartenanlage von Sissinghurst Castle. Der weiße Garten von Sissinghurst gehört zu den berühmtesten und beliebtesten Gartengestaltungen der Welt. Doch Vita verkörperte mannigfache Existenzen. Ihre Rolle als Sackville-Spross war ihr eine Herzensangelegenheit, die Interpretation der Wesensart dieser uralten Adelsfamilie bestimmte ihr Leben und Werk. Es war Vita, die 1928 Virgina Woolfs fiktionale Biografie *Orlando* inspirierte, die Geschichte einer Vita, die drei Jahrhunderte lang lebt und sich dabei vom Mann in eine Frau verwandelt; die Summe all ihrer Vorfahren: ein Konglomerat der Sackvilles durch drei Jahrhunderte. *Eine Frau von Geist* verrät, dass Vita mindestens vier Jahre, bevor Woolf anfing, *Orlando* zu schreiben, eine ähnliche Idee hatte. Das Gespenst in ihrer Geschichte, das gleichermaßen ein fiktionales Selbstporträt ist und doch keines, lebt seit Urzeiten, es war dabei, als Aschenputtel den Prinzen verwirrte und als Blaubart seinen ersten Mord beging, im 14. Jahrhundert fühlte es sich im Florenz der Dichter zu Hause. Es umspannt Alt und Neu, Fakt, Fiktion, Romantik und Moderne – ganz wie die Figur des Orlando, wie Vita selbst.

Matthew Dennison

MEHR ÜBER DIE KÖNIGLICHE SAMMLUNG
ERFAHREN SIE AUF DER WEBSEITE
www.royalcollection.org.uk

First published 2017 by Royal Collection Trust
York House
St James's Palace
London SW1A 1BQ

Nachwort von Matthew Dennison

Projektmanager: Debbie Bibo
Layout: Duška Bibo
Illustrator: Kate Baylay
Produktion: Debbie Wayment

Die Originalausgabe erschien 2017 unter dem Titel
Vita Sackville-West: *A Note of Explanation. A Little Tale of Secrets and Enchantment from Queen Mary's Dolls' House* bei
Royal Collection Trust

Aus dem Englischen von Isabelle Fuchs

1. Auflage 2018

Satz: schoell design, München

Printed and bound in Italy by Graphicom S.r.l.

ISBN 978-3-8369-2150-3

www.gerstenberg-verlag.de